1870 Janvier 31

Vente le Lundi 31 Janvier 1870

COLLECTION

De M. COLLETTE

Artiste-Peintre-Lithographe

EXPOSITION PUBLIQUE

LE DIMANCHE 30 JANVIER 1870

Me THORY	M. GANDOUIN
COMMISSAIRE-PRISEUR	EXPERT
Rue Montyon, 11.	Rue Saint-Georges, 16.

PARIS — 1870

RENOU ET MAULDE

IMPRIMEURS DE LA COMPAGNIE DES COMMISSAIRES PRISEURS

Rue de Rivoli, 144.

CATALOGUE

DES

ŒUVRES

De M. COLLETTE

Artiste-Peintre-Lithographe

ET

TABLEAUX ANCIENS ET MODERNES

Dessins, Gravures et Curiosités

COMPOSANT SA COLLECTION

Dont la vente aux enchères publiques aura lieu

HOTEL DROUOT, SALLE N° 2

Le Lundi 31 Janvier 1870

A UNE HEURE ET DEMIE

Par le ministère de **Me THORY**, Commissaire-Priseur,
rue Montyon, 11 (faubourg Montmartre),
Assisté de **M. GANDOUIN**, Expert, rue Saint-Georges, 16,
Chez lesquels se trouve le présent Catalogue.

EXPOSITION PUBLIQUE

LE DIMANCHE 30 JANVIER 1870

PARIS — 1870

ORDRE DE LA VENTE

1° Gravures anciennes et modernes.

2° **Œuvres de M. Collette :** Lithographies, Dessins, Études et Tableaux.

3° Tableaux et Études d'artistes modernes.

4° Tableaux anciens.

5° Meubles, Tapisseries et Curiosités.

CONDITIONS DE LA VENTE

Elle sera faite au comptant.

Les Acquéreurs paieront, en sus du prix d'adjudication, CINQ POUR CENT applicables aux frais.

DÉSIGNATION

GRAVURES ET LITHOGRAPHIES

1 — Vingt-une vues des monuments d'Espagne et d'Algérie, par de Villa et Malhard.

2 — Vingt-quatre vues de Paris, par W. Wild et autres.

3 — Vingt-six vues et types de la Turquie (texte par Th. Gauthier), par C. Rogier.

4 — Vingt-trois études de chevaux, par A. de Dreux.

5 — Dix-huit études de chevaux, par V. Adam.

6 — Seize sujets, études et batailles, par Raffet.

7 — Onze études, sujets et batailles, par Charlet.

8 — Six études, Histoire de l'équitation française, par Ch. Aubry.

9 — Trente-cinq Lithographies par divers auteurs.

10 — Chevaux (un album de 18 lithographies), par A. de Dreux.

11 — Quarante-huit vues de Paris et autres villes, par divers artistes.

12 — Vingt-six Feuilles, sujets divers, par V. Adam.

13 — Trente-une Feuilles, costumes divers, par Deveria et autres.

14 — Vingt-six Feuilles, costumes divers, par Deveria et autres.

15 — Cent dix Feuilles, sujets divers, par divers artistes.

16 — Trente-une Feuilles, par Gavarni.

17 — Quarante Pièces, armoiries et costumes, par divers auteurs.

18 — Quarante Pièces, sujets divers, par divers auteurs.

19 — Vingt Photographies, Vues et Reproductions diverses.

20 — Cinquante Lithographies, par divers artistes.

21 — Vingt-une Lithographies et sujets divers, par divers artistes.

22 — Vingt-une Lithographies, ornements, vues, portraits, par divers artistes.

23 — Douze Planches, ornements Louis XV, par Guilletat.

24 — Trente-une Planches, ornements Louis XV, par Julienne.

25 — Douze Planches, ornements Louis XV, par Malapeau.

26 — Soixante-dix Planches, ornements et eaux-fortes : l'Art au XIXe siècle, par divers.

GRAVURES ANCIENNES

27 — Quatre-vingt-douze Planches, par Della Bella.

28 — Soixante-quatre Planches, par Ranson, Lepautre, Leblond et autres.

29 — Soixante Planches, par Cochin, Gravelot, Prieur, Boucher et autres.

30 — Cinquante-deux Planches, par Salambier et autres.

31 — Quatre-vingts Planches et Cartouches, par divers maîtres.

32 — Cinquante Planches, ornements, par divers maîtres.

33 — Dix-neuf Planches, sujets divers, par divers maîtres.

34 — Quarante-deux Planches, sujets divers, par divers maîtres.

35 — Quarante Planches, sujets divers, par divers maîtres.

36 — Quarante Planches, sujets divers, par divers maîtres.

37 — Trente Planches, sujets divers, par divers maîtres.

38 — Cinquante-cinq Planches, sujets divers, par divers maîtres.

39 — Quarante-quatre Planches, ornements anciens, par divers maîtres.

40 — Vingt Planches, ornements et cartouches, par divers maîtres.

41 — Quarante Planches, ornements et divers, par divers maîtres.

42 — Vingt-six Vases et neuf Eaux-fortes de Baptiste, par divers maîtres.

43 — Vingt-six Planches, ornements et cartouches.

44 — Huit Planches, siéges de villes, par Deker.

45 — Un Lot considérable gravures sur bois.

46 — Un Lot considérable gravures et lithographies.

47 — Deux cent cinquante-six Planches de l'œuvre de Callot, comprenant : les Martyrs. — Vues de Paris. — Nouveau Testament. — Exercices militaires. — Les Varie Figure, Gobbi di Jacoppo Callot. — Les Misères de la guerre. — Les Gueux. — La Noblesse.

— Martyrium apostolorum. — Fêtes de Nancy. — Péchés capitaux. — Lux claustri. — Les Pénitentes et Pénitents. — L'Enfant prodigue. — Les Fantaisies, etc., etc.

ŒUVRES DE M. COLLETTE

LITHOGRAPHIES

48 — Douze Planches, fleurs.

49 — Soixante-une Planches, ornements divers (Encyclopédie de l'ornement).

50 — Soixante-deux Planches, ornements divers (Encyclopédie de l'ornement).

51 — Quarante - quatre Planches, ornements divers.

52 — Vingt-huit Planches, ornements divers et autres sujets.

53 — Cinquante Planches, ornements divers en chromo.

54 — Quatre - vingt-dix Planches, ornements divers (Mémorial de l'ornement).

55 — Dix-sept Planches, modèles divers.

56 — Trente-cinq Planches, ornements.

57 — Quarante-cinq Planches, ornements.

58 — Cent cinquante Planches, les Sacrements et autres pièces.

59 — Trente-une Planches, sujets divers.

60 — Une Planche, la Bénédiction des blés, d'ap. J. Breton.

DESSINS

61 — Atala délivrant Chactas.

62 — Vue de la vallée de Royat et du Puy-de-Dôme.

63 — Un Pacte florentin.

64 — Une vue de Royat.

65 — Vue d'une ville (dessin décoratif).

66 — Deux Croquis, paysages.

67 — La Journée du 17 mars 1848.

68 — Un Vase. Modèle pour orfévrerie.

69 — Un Porche.

70 — La Marseillaise, d'après le bas-relief de Rude, de l'arc-de-triomphe de l'Étoile.

71 — Un Mariage vénitien.

72 — Paysage. Sépia.

73 — Deux Croquis, paysages.

74 — Les quatre Saisons.

75 — Paysage.

76 — Une Route. Plume.

77 — La Mélancolie (un portrait caricature).

78 — Cour de ferme, à Rochefort.

79 — Cour de ferme, à Rochefort.

80 — Vingt-six Croquis, types et portraits.

81 — Cent cinquante Croquis, sujets de tous genres qui seront vendus par lots.

82 — Soixante-dix Croquis, sujets de tous genres.

83 — Onze Croquis, sujets divers pour l'industrie.

84 — Un Croquis, frontispice relatif à l'architecture.

85 — Un Croquis, paysage.

86 — Six Croquis, ornements et paysages.

87 — La Mendicité (types parisiens).

88 — Épisode de la Révolution de 1830.

89 — Église et vue de Royat (Puy-de-Dôme).

90 — Chez une Modiste.

91 — Fuyant l'invasion.

92 — Id. Pendant du précédent.

93 — L'Abordage.

94 — Combat à bord d'un navire.

95 — Un Porche a Brioude.

96 — Un Assassinat.

97 — Ruines de Pierrefonds (intérieur du château).

98 — L'Extrême-Onction.

99 — Maisons à Royat.

100 — A l'Église (souvenirs de Normandie).

101 — Une Damnée.

102 — L'Hippogriffe.

103 — Forêt de Compiègne.

104 — Visite à l'ermite.

105 — Ruines du château de Bourbon-l'Archambault.

106 — Un Sacrifice à l'âge de pierre.

107 — Vue de la Pompe du pont Notre-Dame.

108 — Épisode de la Révolution de 1848.

109 — Roches (souvenir d'Auvergne).

110 — L'Asphyxie.

111 — Intérieur de forêt.

TABLEAUX ET ÉTUDES

112 — Souvenir de Fontainebleau.

113 — La Mare.

114 — Sous bois.

115 — Saint-Ouen (deux vues).

116 — Flore, motif de décoration.

117 — Bois d'Arcachon.

118 — Souvenir de Dampierre.

119 — Lisière de bois.

120 — Le Rendez-vous.

121 — Le Printemps, figure décorative.

122 — Vue de Glatigny.

123 — Souvenir d'Auvers.

124 — Id. Pendant.

125 — Bondy (sous bois).

126 — Fontainebleau (roches).

127 — Clairière.

128 — Étude d'arbres.

129 — Le Lac, soleil couchant.

130 — Étude, tronc d'arbres.

131 — Roches Manouri.

132 — Un Taillis.

133 — Souvenir de Rochefort.

134 — Viroflay.

135 — Étude, paysage.

136 — Étude de terrain.

137 — Sous bois.

138 — Intérieur.

139 — Parc de Versailles.

140 — Un Hangar.

141 — Vallée de Chevreuse.

142 — Côte de Normandie.

143 — Viroflay.

144 — Thiers (Environs de).

145 — Id. Pendant.

146 — Vue de Montmartre.

147 — Maison de garde.

148 — Vue de Solférino.

149 — Étude d'arbres.

150 — Taillis.

151 — Grotte de Salins.

152 — Vue de Sarnois (Jura).

153 — L'Ivresse.

154 — Étude.

155 — Montmorency.

156 — Souvenir de Salins.

157 — Étude de terrain.

158 — Bords du Lison.

159 — Sous bois (Cernay).

160 — Intérieur de Scierie.

161 — Ferme (Intérieur de).

162 — Village de Rochefort.

163 — Étude de Bade.

164 — Ferme de Rochefort.

165 — Paysage du Jura.

166 — Maison à Cernay.

167 — Vue de Romorantin.

168 — Une Barrière.

169 — Coucher de soleil.

170 — Source du Loiret.

171 — Vue de Paris.

172 — Souvenir de Dampierre.

173 — Parc du duc de Luynes.

174 — Intérieur de paysans (Jura).

175 — Bords de la Durance.

176 — Étude de chênes (Fontainebleau).

177 — Vue de Pont-de-l'Arche.

178 — Bout de la Seine, près Pontoise.

TABLEAUX ET ÉTUDES

DE L'ÉCOLE MODERNE

179 — **Vernet** (Horace). Entrée de troupes françaises à la Casbah d'Alger (esquisse).

180 — **Berchère.** Arabes passant un gué.

181 — **Schnetz.** Laissez venir à moi les petits enfants (esquisse).

182 — **Bonnington.** Marine.

183 — **Perassin.** Souvenir d'Orient.

184 — **Fleury** (Robert). Portrait d'un chevalier.

185 — **Muller** (Ch.). Le Repos du pâtre.

186 — **Delaroche** (Paul). Derniers moments de Jupiter.

187 — **Daubigny.** Les Moulins.

188 — **Corot.** Sous bois.

189 — **Diaz.** Roches (souvenir de Fontainebleau).

190 — **Delpy.** Rainette et Champigny.

191 — **Mouillon.** Le Taillis.

192 — **Dupré** (J.). Roches (étude).

193 — **Id.** Paysage.

194 — Fleury (Robert). Type de l'époque Charles V (étude).

195 — Vinchon. Esquisse du Jugement dernier.

196 — Couverchel. Vue de Bone.

197 — Id. Vue de Bone.

198 — Donzel. Paysage (étude).

199 — Dagnan. Paysage (étude).

200 — Reiss. Intérieur de forêt.

201 — Id. Tête de jeune fille.

202 — Verboeckoven. Tête de taureau.

203 — Daubigny (Karl). Bords de la Seine.

204 — D'Alheim. Une Solitude (forêt de Fontainebleau).

TABLEAUX ANCIENS

205 — Huysmans (de Malines). Paysage.

206 — Watteau (École de). Une Danse dans un parc.

207 — Féti (Dominique). L'Homme condamné au travail. Tableau gravé.

208 — Bruandet. Paysage; effet de neige.

209 — Pillement. Paysage.

210 — Loutherbourg. Le Recruteur.

211 — Bruandet. Forêt de Fontainebleau.

212 — Id. Sous bois. Étude.

213 — Boschi. Vénus et Adonis.

214 — Desoria, 1797. Danaé.

215 — Téniers (École de). Danse de paysans.

216 — Dominiquin. Le Christ montant au Calvaire.

217 — Wenix. Ruines et personnages.

218 — Raphael (École de). La Sainte Famille.

219 — Géricault. Têtes d'étude.

220 — Moreau. Paysage.

221 — J. Bassan. Occupations champêtres.

222 — Ch. Hue. Bords du Tage.

223 — Berghem (D'après). Le Soir.

224 — E.-V. der Neer. La Nuit (Paysage).

225 — Lantara. Paysage.

226 — Droogsloot. Paysage orné de nombreuses figures.

227 — Vallin. Tête de bacchante.

228 — B. Schyndel, 1700. Scène allégorique.

DESSINS ANCIENS

229 — Eisen (Charles). Frontispice pour l'ouvrage sur l'état des troupes et des états-majors des places en 1762. Signé et daté.

230 — Fragonard. Intérieur de parc. Sépia.

231 — Polidore. Modèle de saint-ciboire. Plume et bistre.

233 — Id. Modèle de saint-ciboire. Plume et bistre.

233 — Salembier. Modèles de lits et baldaquins.

234 — P. Breughel. Paysage.

235 — H. Robert. Intérieur d'une villa. Très-beau dessin aquarelle.

236 — Castiglione (B°). Scène champêtre.

237 — Id. Scène champêtre.

238 — P.-H. Wouvermans. La Halte de chasse.

239 — Granet. Intérieur d'un couvent. Aquarelle.

240 — Id. Le Palais des Papes, à Avignon. Aquarelle.

241 — Id. Une Galerie. Aquarelle.

242 — Id. Ruines d'un couvent. Aquarelle.

243 — Cicéri. Ruines d'un château (souvenir d'Auvergne). Aquarelle.

244 — Fragonard. Jeune Femme chantant et s'accompagnant d'une harpe. Très-beau dessin au bistre.

245 — H. Vernet. Trois types algériens. Croquis rehaussés d'aquarelle.

246 — Bléry. Étude de plantes.

247 — Cochin. Portrait de Roux, architecte de Louis XVI. (A été gravé par de Saint-Aubin.)

248 — Demachy. Ruines à Rome.

249 — J. Vernet. Port de mer.

250 — Beham. Fête champêtre; seigneur et dames s'accompagnant de luth. (Dessin très-remarquable.)

251 — L. David. Croquis ayant servi au combat des Sabines et des Romains.

252 — Parmentier. Le Médecin du village et ses clients.

253 — Burini (de Bologne). Les Plaisirs arrêtent le Temps.

254 — Ch. de Lafosse. La Nativité.

255 — L. de Lahire. L'Education d'Achille.

256 — Benjamin West. La Mère des Gracques.

257 — Id. Scène de l'Histoire romaine.

258 — J. Both (d'Italie). Paysage.
Les figures nous ont semblé être ajoutées à l'époque Louis XV par un artiste français.

259 — B. Castiglione. Scène champêtre.

260 — Zingg. Paysage (vue prise en Allemagne).

261 — Lajoue. Intérieur de parc.

262 — Larue. Bacchanale d'Amours autour de la statue de Vesta.

263 — François. Têtes d'enfants.

264 — Lafage. Alexandre le Grand à la bataille de

265 — Ribera. Saint Jérôme.

266 — Inconnu. Les Invalides de Mars.

267 — J. Vernet. Divers Croquis de figurines.

MEUBLES ANCIENS ET CURIOSITÉS

268 — Bahut Louis XIII.

269 — Coffre sculpté du XIIIe siècle.

270 — Six Chaises Louis XVI sculptées, style italien.

271 — Armoire Louis XIII sculptée, à colonnes torses.

272 — Tapisserie : Chasse. Époque de la Renaissance.

273 — Tapisserie : Paysage.

274 — Faïences, Porcelaines anciennes, etc.

Renou et Maulde, imprimeurs de la Compagnie des Commissaires-Priseurs, rue de Rivoli, 144. 574

www.ingramcontent.com/pod-product-compliance
Ingram Content Group UK Ltd.
Pitfield, Milton Keynes, MK11 3LW, UK
UKHW020229180726
13838UKWH00005B/2270

9 782329 442488